필묵장수

어르신 이야기책 _204 중간글

필묵장수

초판 1쇄 발행일 2018년 3월 9일

지은이 황순원
그린이 낙송재
펴낸이 이원중

펴낸곳 지성사 출판등록일 1993년 12월 9일 등록번호 제10-916호
주소 (03408) 서울시 은평구 진흥로1길 4(역촌동 42-13) 2층
전화 (02) 335-5494 팩스 (02) 335-5496
홈페이지 지성사.한국 | www.jisungsa.co.kr 이메일 jisungsa@hanmail.net

ISBN 978-89-7889-364-0 (04810)
978-89-7889-349-7 (세트)

잘못된 책은 바꾸어 드립니다. 책값은 뒤표지에 있습니다.

이 도서의 국립중앙도서관 출판예정도서목록(CIP)은 서지정보유통지원시스템 홈페이지(http://seoji.nl.go.kr)와 국가자료공동목록시스템(http://www.nl.go.kr/kolisnet)에서 이용하실 수 있습니다. (CIP제어번호: CIP2018006005)

어르신 이야기책 _204 중간글

필묵장수

황순원 글 · 낙송재 그림

지성사

본디부터 서노인이 필묵장수는 아니었다.
젊어서는 근 이십 년 동안이나 글씨공부를 하며
묵화도 쳐온 사람이었다.

이러한 그가 종내 그것으로 이름을 이루지 못하고
필묵장수로 나선 지도 어느덧 삼십 년 가까이 된다.

서노인은 한 해에 봄 가을 한 차례씩
바다 냄새를 풍기며 험한 산길을 거쳐 울진에서
퍽이나 떨어져 있는 이 샛골마을에 들르곤 했다.
와서는 으레 동장네 집을 찾아드는 것이었다.

늙은 동장이 언제나 그를 자기네 사랑방에 재워 보냈다.
그리고 번번이 붓이라든 먹이라든 팔아주는 것이었다.

늙은 동장도 지난 세월에는 그러한 것들을 사가지고
아들에게나 손자에게 붓글씨라도 씌어보리라는
생각이었다.

그러나 개화 바람이 불어 들어와서 서당 대신에
보통학교가 서고 어쩌고 하자부터는 굳이 그러한 것을
자손에게 시키려 들지 않았다.
그러면서도 자기 자신만은 먹이니 붓이니 하는 것에 대한
미련을 버리지 못해했다.

서노인에게서 산 필묵으로 처음에는 무엇이고
혼자서 글씨 같은 걸 쓰곤 했다.

그러나 그것도 세월이 바뀜에 따라 차차 자취를
감추어버리고,
이제 와선 그저 서노인이 가지고 다니는
붓이니 먹이니 하는 것을 대하는 것으로 만족해했다.

서노인은 동장네 집에 머물 때마다
족자 같은 데 글씨도 써주고 사군자 같은 것도
쳐주고 했다.
늙은 동장은 일 년에 봄 가을 두 차례 서노인의
이 서화를 대하는 것이 또 하나의 즐거움이었다.

그렇지만 동장은 한번도 이 서노인의 글씨나 묵화를
탐탁하게 생각한 적은 없었다.

그저 그것이 붓과 먹으로 씌어진 것이고
그려졌다는 것에 어떤 흥취와 위안 같은 것을
느낄 따름인 것이었다.

서노인이 다녀간 뒤에 늙은 동장은
서노인이 남기고 간 글씨나 묵화를
다시 한 번 펴들고는 이렇게 뇌까리곤 했다.

"신통하진 못해. 그것두 나이를 먹어가면서 점점 더
못해만 가거든."

그만큼 이십 년 가까이 도를 닦은 서노인의 글씨와
그림은 누가 봐도 시원치가 않았다.

처음부터 서노인에게 글씨와 묵화 공부를 시킨 것은
아버지의 억지였는지 몰랐다.

서노인의 아버지는 서노인이 어려서 풍병(실은 소아마비)으로 오른쪽 다리 하나를 절게 되자, 앞으로 아들이 앉아서도 할 수 있는 생업을 마련해준다고 해서 택한 것이 이 글씨쓰기와 묵화 치는 일이었다.

그 시절만 해도 남에게 글씨를 가르쳐주고 묵화나 쳐주면서 살아간다는 게 여간 도두뵈고 깨끗한 선비의 일이 아니었다.

서노인의 아버지는 모든 것을 이 아들에게 기울였다. 술담배도 모르는 위인으로, 서노인이 다섯 살 때 아내를 잃고도 재취를 하려 들지 않았다.

살림살이가 먹고 지낼 형편이기도 하여 독훈장을 들여앉힌 후 아들에게 글씨와 묵화를 가르쳤다. 그러고는 틈틈이 훈장과 바둑을 두는 것과 그날그날 아들의 공부를 들여다보는 것이 한 낙이었다.

그러나 원래 서노인은 글씨와 그림에 재주가 없었다. 도무지 늘지가 않았다.

처음에는 아버지가 훈장에게,

"어떻습니까? 싹수가 보입니까?"
하면 훈장은,

“좀 두구 봐야지요.”
했다.

몇 해가 지난 뒤 아버지가,

“별반 진취한 자국이 없는 것 같은데 어떻소?”
하니 훈장은,

“글쎄 이러다가도 한번에 재질이 나타나는 수두 있긴 한데.”
했다.

훈장을 바꾸어보았다. 마찬가지였다.

이번 훈장은 좀 성미가 급한 사람이어서 제 편에서,

“이런 돌대가리는 처음 보았소. 그만큼 가르쳤으믄
개발이라두 그렇지는 않겠소.”

하고 다른 데로 가버리고 말았다.

그뒤에도 몇 번인가 훈장을 불러 대보았다.

그러는 동안 서노인 자신은 용하게도
글씨와 그림 공부에 싫증을 내지 않았다.
누구도 따를 수 없을 만큼 부지런하기까지 했다.

한편 아버지는 첫번 훈장이 말한, 이러다가도 한번에 재질이 나타나는 수가 있다는 말을 믿으려 했다.

그러나 이 아버지의 기대는 종내 배반을 당하고 말았다.

임종하는 자리에서 아버지는 아들더러,

"지금 와 생각하니 공연히 내가 욕심만 컸던 것 같다.
이후로는 서활랑 그만두구
무어든 너 허구 싶은 일을 해라."
했다.

그즈음에는 살림도 말이 아니게 돼 있었다.
살아나가기 위해서라도 무어든 해야만 했다.

우선 배운 것이 그것뿐이라 사군자를 친 족자를 팔아보기로 했다. 큰 장을 찾아다니며 펴놓았다. 그러나 장사가 되지 않았다.

생각 끝에 필묵장수로 나서게 되었다. 아직 각지에 서당이 있던 시절이어서 그것으로 호구하기에는 과히 군색하지가 않았다.

그러나 개화문명이 들어오면서 여기저기에 서당문이 닫히고 사삿집에서도 필묵을 사주는 사람이 줄어들어갔다.

이렇게 하여 필묵장수로서의 서노인의 반생이 넘는 세월은 고됨의 연속이었다.

해방이 되자 다시 이곳저곳에 서당이 섰다.
서노인은 어디고 주저앉아 글방 훈장이라도 될까 했다.
그러나 누구 하나 이 허줄그레한 필묵장수 영감을
써주는 곳은 없었다.

그대로 필묵이 든 괴나리봇짐을 지고
다리 하나를 절룩대며 이 고장 저 고장을
떠돌아다니는 신세일 수밖에 없었다.

그러한 해방된 이듬해 어느 늦가을이었다.
강릉에서 주문진에 이르는,
멀리 바닷물 소리가 들려올 듯도 한
어느 산모퉁이에서 비를 만났다. 꽤 차가운 비였다.

마침 멀지 않은 곳에 작은 마을이 있어,
한 집으로 비를 그으러 들어갔다.

중늙은이 여인이 혼자 사는 집이었다.
전쟁 때 아들이 일본으로 징용 뽑혀 나가서는
여태 안 돌아온다는 것이었다.

중늙은이 여인은 서노인의 젖은 두루마기를
부뚜막에 말려주었다.

그리고 저녁 후에는 아들 이야기를 했다.
아들이 올해 스물셋이 되는데 징용 나가기 전에
어떤 처자와 정혼까지 해두었다는 것이었다.

그런데 그 처자가 징용 간 아들을 기다리다가
올가을에 다른 데로 시집을 갔다는 것이다.
그러나 중늙은이 여인은 아들만 돌아오는 날이면
세상에 처녀가 없어 장가 못 들겠느냐고 했다.

이야기 끝에 여인은 아들이 징용 뽑혀 나간 뒤로는
거지 하나도 그냥 돌려보내지는 않노라면서,
서노인더러 이곳을 지나게 되는 때면 아무 때고 와
주무시고 가라고 했다.

그러다가 여인의 눈이 서노인의 발에 가 머물렀다.
발뒤축이 보이고 발가락이 드러난 양말짝이었다.

오른쪽 다리를 절기 때문에 그쪽은 언제나 다른 쪽보다
덜 해지곤 했으나 그럴 때마다 이쪽 저쪽을
바꿔 신기 때문에 양쪽이 다 마찬가지였다.

중늙은이 여인이, 이제 날도 추워질 텐데
버선 한 켤레를 지어주겠노라고 했다. 서노인은 너무
황송스러워 얼른 무어라 대꾸도 하지 못했다.

여인이 서노인의 발을 겨눔해가지고 무명필을 내어
마르기 시작했다.

서노인이,

"그건 댁 아드님 혼숫감이 아니시오?

그걸루 어찌 제 버선을…….”

하니 여인은 조용히,

“아들만 돌아온다면 이런 것이 대숩니까?”

했다.

밤 깊기까지 버선 한 켤레를 다 지었다.

그것을 신어보는 서노인의 손이 절로 떨렸다.

여인이 이렇게 버선을 지어주는 것은 그것이 머언 타향에 가 생사를 모르는 자기 아들을 위한 선심에서 나온 것이라고 하더라도, 서노인으로서는 칠십 평생에 처음 맛보는 따뜻한 정의가 아닐 수 없었다.

이튿날 아침 서노인은 그곳을 떠나면서 여인에게 매화 한 폭을 쳐주었다.

중늙은이 여인은,

"이게 벽에다 붙이는 거지요? 아들이 돌아오걸랑 신방에다 붙일라오."

하며 소중히 말아 궤짝 속 깊이 넣었다.

서노인은 서노인대로 이 중늙은이 여인한테서 받은 정의를 언제까지나 가슴속 깊이 간직해두었다.

그후 서노인은 이곳을 지날 적마다 중늙은이 여인의
안부와 아들의 소식을 알아보곤 했다.
집으로 여인을 찾아 들어가 묻는 건 아니었다.
그저 만나는 동네 사람한테 물어보는 것이었다.

집으로 여인을 찾아 들어간다는 것은 어딘지
지난날 자기가 받은 정의를 미끼 삼는 것만 같아
마음이 내키지 않는 것이었다.

동네 사람의 말은 그 집 아주머니는 잘 있다는 것이었다.
그리고 번번이 징용 나간 아들은 여태
돌아오지 않았다는 것이었다.

서노인은 그때마다 어서 아들이 돌아와주기를 바랐다. 그리고 성례를 이루어가지고 그 신방에 자기가 쳐준 매화가 붙여지기를 바랐다.

그러면서 그는 이제 정말 마음에 드는 그림이 그려지는 날엔 저번 것과 바꾸어주리라 마음먹는 것이었다.

한번은 샛골마을 동장네 집에서 묵게 되던 날 밤 서노인은,

"일본 사람들이 징용 뽑아갔던 사람들을 왜 안 돌려보낼까요?"

해보았다.

“안 돌려보내긴 왜 안 돌려보내요. 우리 동네서두 두 사람이나 나갔다가 한 사람은 해방 직후에 돌아오구, 다른 한 사람은 이듬해 봄에 돌아왔는데요.”

“징용 나간 곳이 한 고장이 아닌가 보지요?”

“어디 한 군데겠소. 구주라는 데두 가구, 동경 근방으루두 가구, 여기저기 나뉘어 갔었지요.”

“그럼 고장에 따라서는 여직 안 돌려보낸 데두 있겠군요.”

“웬걸요. 돌아올 사람은 다 돌아왔을걸요.”

有長江万里

서노인은 차마, 그래두 안 돌아온 사람이 있던데요,

하는 말은 하지 못했다.

그 말에 대한 동장의 대답이 뻔할 것 같고,

그것을 서노인으로서는 차마

들을 수가 없었기 때문이었다.

6·25 바로 이삼 일 전이었다. 서노인이 샛골마을을 찾아왔다.

동네 개들이 전에 없이 더 짖어댔다. 그만큼 서노인의 주제가 말이 아니었다.

동장네 손자며느리가 개 짖는 소리에 밖을 내다보고는, 이따 저녁때나 오라고 했다. 여러 해 보아온 서노인이건만 늙은 병신 거지로 잘못 본 것이었다.

그래도 늙은 동장이 서노인을 알아보고 사랑방으로 인도했다.

"아니 안색이 못됐구려."

서노인은 두 다리를 주무르며,

"그동안 좀 앓았지요."

사실 주름 깊은 얼굴에는 아직 병기가 남아 있었다.

"그래서 올해는 이렇게 늦었구려."

전처럼 동장은 붓 한 자루와 먹 한 개를 팔아주었다.

서노인이 먹물을 풀었다.
전처럼 이 동장에게 묵화 한 폭을 그려줄
참인 것이었다.

동장은 서노인이 언제나 하룻밤 재워준 신세 갚음이나처럼 쳐주곤 하는 이 그림을 이번만은 그만두게 하려 했다. 지금의 서노인이 그만한 힘에도 견디기 어려울 것 같은 생각이 든 것이었다.

그러나 이미 서노인은 일종 타성에서 나오는 듯 매화 한 폭을 그리기 시작했다.

그렇게 좀 만에 서노인을 바라본 동장은 적이 놀라고 말았다. 서노인의 모양이 달라진 것이었다.

검누렇던 얼굴이 상기가 돼 있었다.
눈은 열에 뜬 사람처럼 빛을 띠고 있었다.

그리고 붓을 잡은 손이 사뭇 가늘게 떨렸다.

동장은 이 늙은이가 아직 앓고 있는 중이라고
생각하며, 오늘은 그만 그리라고 했다.
그러다가 무심코 그림에 눈을 준 순간 동장은
다시 한 번 놀랐다. 지금 서노인이 그린,
늙어 비틀어진 매화가지에 달린 꽃송이가 호들하고
살아 움직인 것이었다.

눈을 가까이 가져다 자세히 보았다.
그러자 그것은 여태껏보다 나을 것도 없고
못할 것도 없는 평범한 그림 그것으로 돌아가 있었다.
동장은 좀 전엔 자기 눈 탓이거니 했다.

그러는데 마지막으로 한두 군데 붓을 대고 난
서노인이 별안간 그림을 움켜쥐고는
밖으로 뛰어나가는 것이었다. 그러고는 그것을 잽싸게
허리춤 속에 집어넣는 것이었다.

이것이다, 이것이다, 여태 내가 그리고자 한 것이
이것이다!
미친 사람모양 혼자 중얼댔다.

동장은 무슨 영문인지 몰랐다.
찾아나섰다. 서노인은 동구 밖 주막에 가 있었다.

"아니 형장은 약줄 못 허는 줄 알았는데?"

사실 서노인은 아버지를 닮아 술담배를 모르는 사람이었다. 그러나 웬일인지 이때만은 술 같은 것이라도 마시지 않고는 못 견딜 심정이었다.

"아직 몸이 퍽 편찮은 것 같은데, 열두 있어 보이구……."

그러나 열에 뜬 듯한 서노인의 얼굴 속에는 남모를 어떤 생기가 돋쳐 있었다.

"그래 어쩌자구 갑자기 뛰어나오우? 그림은 어쨌수?"

"찢어버렸지요."

"찢어버려요? 왜요?"

"그림이 돼먹었어야지요."

서노인의 턱 아래 흰 수염이 하르르 떨렸다.

"그렇지두 않던데."

"아니요. 안 돼먹었어요. 내 다시 그려드리리다."

서노인은 삼십 년 가까이 사귀어온 동장에게 거짓말을 한다는 게 여간 미안하고 죄스럽지가 않았다. 그러나 이 그림의 임자는 따로 있다는 생각이었다.

이튿날 서노인은 주문진 쪽을 향해 길을 떠났다.

동장이, 몸이 불편한 것 같으니 하루쯤 더 쉬어서
가라는 것을 괜찮다고 그냥 떠난 것이었다. 무거워만
보이던 절름발이 걸음걸이가 전에 없이 가벼웠다.

삼척 못 미쳐에서 6·25사변이 일어난 것을 알았다.
거기서부터 삼척 강릉 쪽으로는 사람이 왕래할 수
없다고 하여, 할 수 없이 거기서 며칠을 묵었다.
남으로 내려오는 낯선 군인들이 보였다.

닷새째 되는 날, 서노인은 참다 못해 다시 길을 떠났다.
칠순이 다 된 나이와 남루한 주제가 도리어
도움이 되었다.

별로 이 거지 같은 늙은이에게 뭐라는 사람은 없었다.

사흘 만에 예의 멀리 바닷물 소리가 들려올 듯도 한 산모퉁이에 이르렀다.
절룩거리는 다리를 재우쳐 산모퉁이를 돌았다.
그러다가 서노인의 발걸음이 땅에 딱 붙고 말았다.

처음에는 자기의 눈을 의심했다. 도무지 지금 자기가 찾아가는 그 마을 같지가 않았다.

워낙 작은 마을이라 집이 얼마 되지는 않았지만 거기에는 제 형체를 지닌 집이라곤 하나도 없었다.

동구 밖에 서 있던 버드나무들도 반나마 누렇게

타 있었다.

역시 이것도 폭격을 맞은 것이리라.

망가진 화물자동차 두 대가 아무렇게나 길가에

나자빠져 있었다.

이러한 것이 한눈에 들어오자,

서노인은 그만 오금이 자려

그 자리에 풀썩 주저앉아버리고 말았다.

그로부터 서노인이 다시는 샛골마을에 나타나지 않았다.

그동안 동장도 난리통에 들볶이느라고 서노인이 오고 안 오고 하는 것 같은 것은 염두에 없었다.

그러던 중, 올봄 들어 가장 날씨가 화창한 어느 날이었다.

동네 사람 하나가 장에서 돌아오다 뒤 고갯길에 웬 거지 하나가 죽어 넘어져 있는 것을 발견했다.

동장도 나가 보았다. 틀림없이 늙은 거지 하나가 죽어 넘어져 있었다.

그런데 동장의 눈에 어딘가 이 늙은 거지의 메고 있는 괴나리봇짐이 낯익었다.
다시 자세히 보니 그것은 다른 사람 아닌 서노인의 것이었다.

동네 사람들을 시켜 괴나리봇짐을 풀어보았다.
거기에는 팔다 남은 붓과 먹이 들어 있는 한편에, 백지로 무언가 찬찬히 싼 것이 있었다.

펼쳐보았다. 돈 얼마큼과 아직 한번도 신지 않은 진솔 버선 한 켤레가 나왔다.
그리고 거기 종잇조각이 있어, 이런 뜻의 글이 적혀 있었다.

여기 들어 있는 돈으로 장례를 치러달라, 그리고 그때에는 수고스러운 대로 여기 같이 들어 있는 버선을 신겨달라는 것이었다.

동네 사람 하나가 이 서노인의 주제와는 통 어울리지 않는 흰 버선을 들고 뒤적이다가 그 속에 곱게 접혀 있는 종이 한 장을 끄집어냈다.

펴보니, 언젠가 동장네 집에서 그려가지고 미친 사람모양 밖으로 뛰어나간 일이 있는 그 매화였다.